J’ai trop mangé !

premières lectures

...pour les enfants qui apprennent à lire

Le texte à lire dans les bulles est conçu pour l'apprenti lecteur. Il respecte les apprentissages du programme de CP :

NIVEAU TRÈS FACILE le niveau TRES FACILE correspond aux acquis de septembre à décembre,

NIVEAU FACILE le niveau FACILE correspond aux acquis de janvier à juin.

Cette histoire a été testée à deux voix par Francine Euli, enseignante, et des enfants de CP.

Cet ouvrage est un niveau Très Facile.

Pour toi, tatie Bisous. Et pour tout ceux
qui nous aident, parfois, à sortir de nos terriers.
A. d.L.

Loi n° 49-956 du 16 juillet 1949 sur les publications destinées à la jeunesse
ISBN : 978-2-09-253642-1
N° éditeur : 10179451 - Dépôt légal : mai 2012
Imprimé en France par Pollina - L60468

J'ai trop mangé !

Texte de Agnès de Lestrade
Illustré par sylvie Bessard

Nathan

Ce matin-là, Très Gourmand Monsieur Lapin sort de son terrier pour faire des provisions.

– C’est normal ! L’hiver approche, répond Canard son voisin.

Mais Lapin n’entend rien, il a déjà filé.

Dans les champs, Très Gourmand Monsieur Lapin se met à creuser la terre comme un fou.

– Qu’est-ce que tu cherches ? lui demande Très Jolie Lapine.

– Eh, il m’en reste, j’espère ! crie Très Jolie Lapine.

Mais Lapin, les bras chargés de carottes, court déjà vers la forêt.

– Qu’est-ce que tu cherches ? demande Écureuil en voyant Lapin creuser la terre comme un fou.

– Eh les noix, c’est pour les écureuils, pas pour les lapins !

Mais Lapin, les bras chargés de carottes
et de noix, court déjà vers la mare.

– Mais qu'est-ce que tu cherches ? demande Grenouille en voyant Lapin s'enfoncer dans la boue.

– Eh, les lapins ne mangent pas de vers !

Mais Lapin, les bras chargés de carottes, de noix et de vers de terre, s'en retourne déjà dans son terrier.

Tout content, Très Gourmand Monsieur Lapin enfile ses chaussons douillets et se plonge sous sa couette moelleuse.

Il se met à grignoter.
Un petit gâteau de carottes par-ci,
un petit gratin de vers de terre par-là…

Les jours passent. Très Gourmand Monsieur Lapin est heureux comme un roi. Il ferait bien une petite sortie pour voir la neige. Il enlève ses chaussons douillets, enfile ses bottes et s'apprête à sortir.

Très Gourmand Monsieur Lapin
ne peut plus sortir.

Canard est le premier à pointer le bout de son bec. En voyant la tête de son ami, il pousse un cri :

– Mais, tes joues ne sont plus des joues, ce sont des citrouilles ! Tu as trop mangé !

Bientôt, c'est la cacophonie devant le terrier de Très Gourmand Monsieur Lapin.

– Pour maigrir, tu dois faire du sport ! s'exclame Grenouille.

– Boire beaucoup d'eau, dit Écureuil.

– Et surtout, arrêter de manger ! ajoute Très Jolie Lapine.

J'ai maigri ?
Euh...
33
34
35
36

Le lendemain, Grenouille vient l'encourager :

– Allez, saute encore ! Plus haut ! Oui, c'est bien !

Ensuite, Écureuil et Canard lui apportent de l'eau.

– Tu dois boire pour éliminer tes gratins !

Mais Très Gourmand Monsieur Lapin est toujours aussi gros.

Aujourd'hui, c'est Très Jolie Lapine qui lui rend visite.
– Je vais te raconter une histoire. Comme ça, tu ne penseras pas à manger.

Quand Très Jolie Lapine s'en va, elle lui promet de revenir dans trois jours.

Ce soir-là, Très Gourmand
Monsieur Lapin se sent bizarre.
Il n'a même pas faim.
Son cœur ne bat pas comme d'habitude.
Et dans sa tête, il voit les yeux bleus
de Très Jolie Lapine.

Ma parole, je suis amoureux !

Le lendemain, il ne touche pas le demi-poil d'un ver de terre. Il veut bien sauter et boire de l'eau pour faire plaisir à ses amis. Mais manger, ah, ça non ! Pas question. Ses joues de la taille d'une citrouille se mettent à fondre, son ventre dégonfle, même ses pattes sont comme des brindilles. Il parvient enfin à sortir de son terrier.

– J'ai bien fait de te faire sauter ! s'exclame Grenouille.

– Et moi de te faire boire ! dit Écureuil.

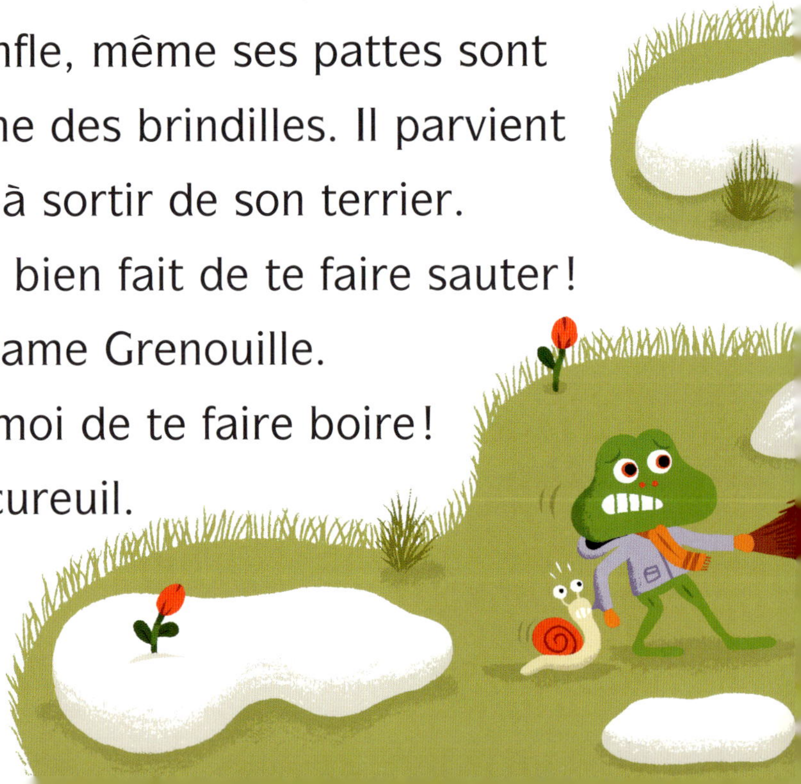

J'ai réussi ! Grâce à vous, j'ai réussi !

À ce moment-là, Très Jolie Lapine apparaît.

Très Jolie Lapine rougit jusqu'aux oreilles. Puis elle pose un baiser sur le nez de Très Gourmand Monsieur Lapin.

Six mois plus tard, Très Gourmand Monsieur Lapin n'a plus le temps de grignoter. Il est bien trop occupé… avec ses dix petits lapins qui courent partout dans son terrier !

Oui,
mais après
manger !

premières lectures

À la rentrée de septembre, les enfants de CP entrent doucement en lecture. Afin de les accompagner dans cette découverte et d'encourager leur plaisir de lire, Nathan Jeunesse propose la collection **Premières lectures**.

Chaque histoire est écrite avec des **bulles**, très simples, et des **textes**, plus complexes, dont les sons et les mots restent toujours adaptés aux compétences des élèves dès le CP.

Les ouvrages de la collection sont tous **testés** par des enseignants et proposent deux niveaux de difficulté : **Très Facile** et **Facile**.

Cette collection est idéale pour la mise en place d'une **pédagogie différenciée**, mais aussi pour une **lecture à deux voix**. Elle permet en effet de mêler la voix d'un « lecteur complice », que la lecture des textes rend narrateur, à celle d'un enfant qui se glisse, en lisant les bulles, dans la peau du personnage.

Un moment privilégié à partager en classe ou en famille !

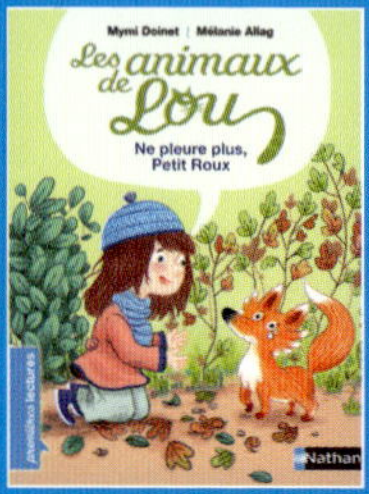

premiers romans

Et après les **Premières lectures**, découvrez vite les **Premiers romans** !